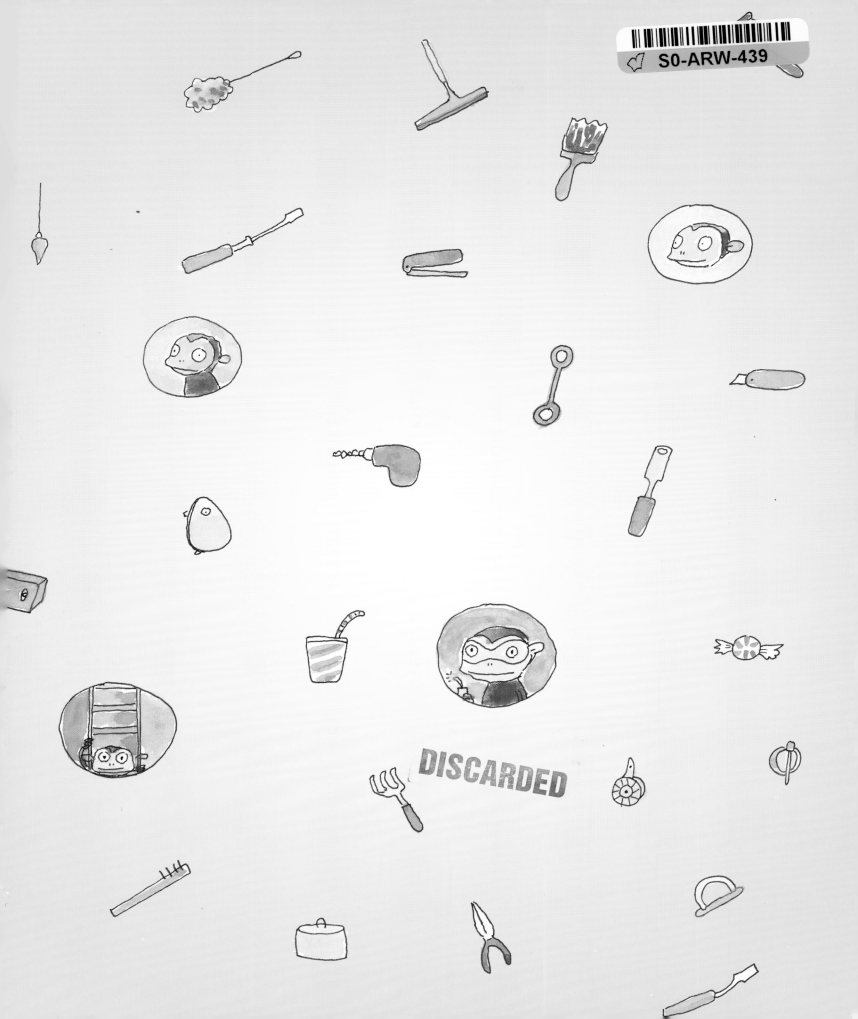

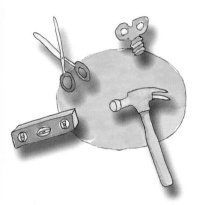

Chico Bun Bun
un mono manitas

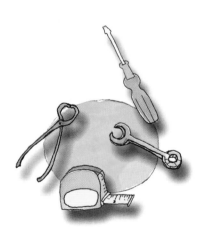

Chris Monroe

Picarona

A mis padres
C.M.

Puedes consultar nuestro catálogo en
www.picarona.net

CHICO BUN BUN UN MONO MANITAS
Texto e ilustraciones: *Chris Monroe*

1.ª edición: junio de 2020

Título original: *Monkey with a Tool Belt*

Traducción: *David Aliaga*
Maquetación: *Montse Martín*
Corrección: *Sara Moreno*

© 2008, Chris Monroe
Publicado por acuerdo con Carolrhoda Books,
una división de Lerner Pub. Group, Inc. Estados Unidos
(Reservados todos los derechos)
© 2020, Ediciones Obelisco, S. L.
www.edicionesobelisco.com
(Reservados los derechos para la lengua española)

Edita: Picarona, sello infantil de Ediciones Obelisco, S. L.
Collita, 23-25. Pol. Ind. Molí de la Bastida
08191 Rubí - Barcelona
Tel. 93 309 85 25
E-mail: picarona@picarona.net

ISBN: 978-84-9145-393-2
Depósito Legal: B-10.693-2020

Impreso por ANMAN, Gràfiques del Vallès, S. L.
c/ Llobateres, 16-18, Tallers 7 - Nau 10. Polígono Industrial Santiga
08210 - Barberà del Vallès (Barcelona)

Printed in Spain

Éste es **Chico Bun Bun.**

Es un mono.

Chico es un mono con un cinturón de herramientas.

A Chico se le da muy bien usar
las herramientas.

Construye y **arregla** todo
tipo de cosas.

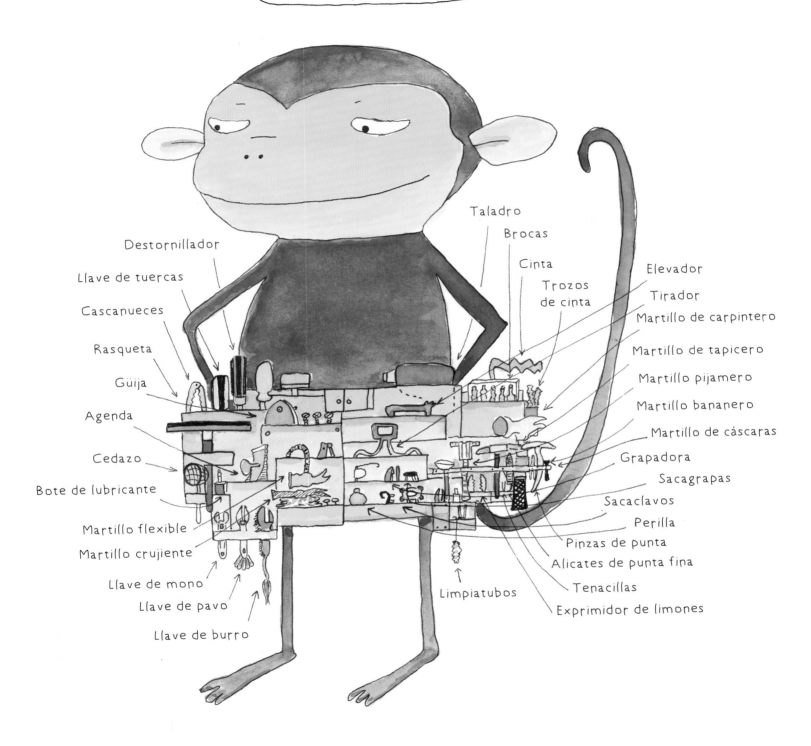

Todas sus herramientas caben en su **cinturón**.

No hay un día en que Chico no construya
o arregle algo para sus amigos o su familia.

Es muy **creativo**.

Construye un puente
para los patos.

tijeras

y un reloj
para los pollitos.

HORA
DE COMER

HORA DE
PICOTEAR

palometa

Usa sus tenazas
para cortar y doblar.

tenazas

Usa su nivel con el baúl
de los juguetes
de Neville.

JUGUETES

doble
muelle

nivel

bisel

El doble muelle con cuentas de madera
es imprescindible para hacer este bonito bisel.

Construye un kart para que Go-Go pueda llevar a las mofetas

llave inglesa

y una pequeña montaña rusa para las ardillas locales.

destornillador

Necesitará todas sus brocas para arreglar esta rampa,

¡Pipeline!

¡Bonito cinturón!

¡Mola!

¡Brutal!

¡Total!

además de un escoplo, un flexotornillador y una abrazadera gigante.

brocas

escoplo

flexotornillador

abrazadera

A veces comete errores...,

...pero en seguida encuentra
la herramienta apropiada
para arreglarlos.

Un día, Chico vio un **banana split** sobre una mesa
que había junto al camino que lleva a su casa.

Y fue a investigar.

Chico probó el misterioso banana split.
¡Era falso! Se preguntaba por qué alguien iba a hacer
un banana split de plástico cuando...

...una enorme caja cayó encima de él.

¡Era una trampa!

¡Lo habían capturado!

Miró al exterior a través de un agujero en la caja
y vio un organista de circo.

El organista necesitaba un mono nuevo.
Su viejo mono, Bobo, había escapado
una semana antes con ayuda
de los tigres del circo.

Chico no podía escapar.

El organista cerró la caja con un candado
y la cargó en su bicicleta.

Rodaron durante un buen rato.

Fue un paseo accidentado.

Chico se sintió
afortunado porque el
banana split fuese falso.
Si no, habría acabado
cubierto de helado.

Finalmente, el organista llegó al **campamento del circo**,
al otro lado de la ciudad.

Llevó la caja dentro de su caravana y empezó a preparar la cena.

Uso una batidora, una licuadora, un abrelatas, una aspiradora
y un molinillo de café. Todo era muy ruidoso.

Chico lo observaba a través del agujero en la caja.
El hombre no se había dado cuenta de que Chico llevaba su cinturón.

Chico tenía un plan:

1 Pasó su cinta métrica por el agujero.

2 Midió el agujero.

3 Escribió los números con su lápiz y dividió por 47.

4 Colocó un alargador con un espejo retrovisor en su taladradora.

Pasaba justo por el agujero.

5 Aflojó los tornillos de la tapa de la caja con la broca.

6 Se aseguró de que el organista no mirase.

⑦ Usó una pequeña lima para hacer más grande el agujero.

⑧ Hizo aún más grande el agujero usando una pequeña hoja de sierra, una perforadora, una sierra de carbono de media pulgada, una palanca y un papel de lija.

⑨ Troceó el banana split de plástico con su cuchillo-multiusos-exprimidor-de-limones-linterna-pelador-de-plátanos.

⑩ Cubrió el agujero con serrín, masilla y uno de los trozos del banana split.

⑪ Entonces, imitó el sonido de un búfalo con su mirlitón.

⑫ El organista se dio la vuelta.

Se acercó a la caja...

¡Sin previo aviso, Chico golpeó uno de los pulgares del organista con su martillo de goma!

¡El hombre saltó a la pata coja,

agarrándose el pulgar y soplando!

Chico apartó la tapa de la caja y saltó fuera de ella.

Y corrió.

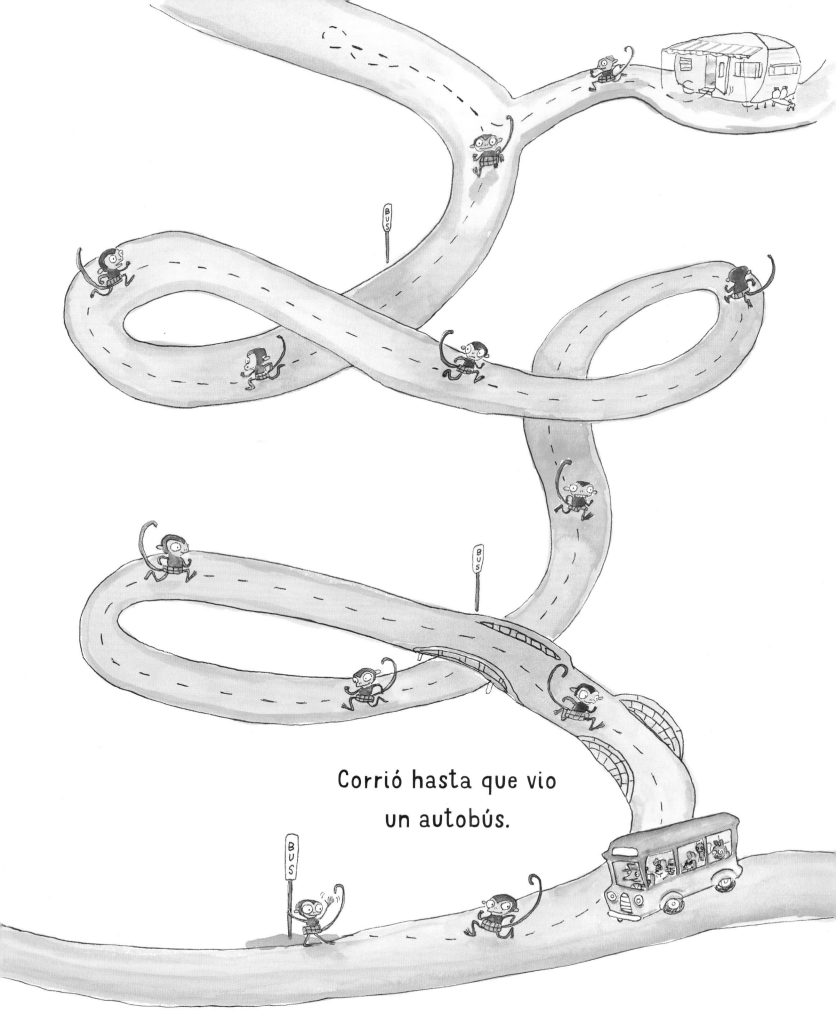

Corrió hasta que vio
un autobús.

Buscó algunas monedas
sueltas en su cinturón

y subió al bus.

El bus lo llevó hasta su casa.

¡Chico estaba
en su hogar!

«¡Menos mal que tengo este cinturón!» se dijo Chico Bun Bun.
Entonces, se quitó el cinturón y lo dejó sobre la cómoda.

Se puso el pijama.

Volvió a colocarse el cinturón de herramientas
y se metió en la cama.

¡Buenas noches, Chico Bun Bun!

¿Qué será lo que Chico construya mañana?